Alexandre Dumas,
geboren 1802 in Frankreich und dort 1870 gestorben, beschäftigte sich viel mit Politik und Geschichte, was er auch in zahlreichen Abenteuergeschichten einfließen ließ. 1843 schrieb er „Die drei Musketiere".

Wolfgang Knape,
geboren 1947 in Stolberg/Harz, studierte wissenschaftliches Bibliothekswesen in Leipzig und besuchte dort auch das Institut für Literatur. Er ist Vater von drei Kindern und lebte als freier Schriftsteller und Autor in Leipzig.

Alexander von Knorre
wurde 1982 in Magdeburg geboren. Er verbrachte ein Jahr in Florida und eines in Rumänien. An der Bauhaus-Uni Weimar studierte er Visuelle Kommunikation mit dem Schwerpunkt Illustration. Er lebt mit Frau und Kind in Weimar.

Alexandre Dumas
Die drei Musketiere

Dieses Buch gehört:

Ein Verlag der Westermann Gruppe

4. Auflage 2025
© 2011 Arena Verlag GmbH
Rottendorfer Straße 16, 97074 Würzburg
arena-service@westermanngruppe.de
Alle Rechte vorbehalten.
Der Verlag behält sich eine Nutzung des Werkes für
Text und Data Mining im Sinne von § 44b UrhG vor.
Cover- und Innenillustrationen: Alexander von Knorre
Umschlaggestaltung: Esther Hamburger
Gesamtherstellung: Westermann Druck Zwickau GmbH
Gedruckt in Deutschland
ISBN 978-3-401-71694-7

Besuche den Arena Verlag im Netz:
www.arena-verlag.de

Arena

Alexandre Dumas

Die drei Musketiere

Neu erzählt von Wolfgang Knape

Mit farbigen Bildern von
Alexander von Knorre

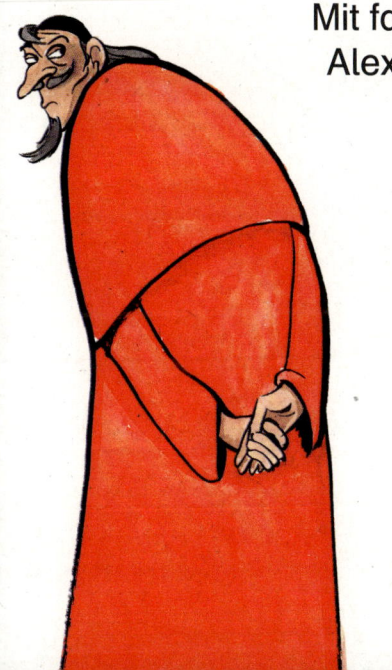

Die Geschichte von den drei Musketieren spielt in Frankreich. Deshalb kommen im Text einige französische Namen vor, die nicht einfach auszusprechen sind. Damit du weißt, wie diese Namen auf Französisch in etwa klingen, geben wir dir hier eine stark vereinfachte Aussprachehilfe.

„**Gascogne**" – Der französische Landstrich wird in etwa so ausgesprochen: „Gasskonje".

„**Tréville**" – Der französische Nachname wird in etwa so ausgeprochen: „Trewill".

„**D'Artagnan**" – Der Name klingt ungefähr so: „Dartanjo". Dabei wird das „o" am Schluss durch die Nase gesprochen.

„**Lady Winter**" – Das ist ein englischer Name und heißt übersetzt: „Frau Winter". Ausgesprochen wird das in etwa so: „Läidi".

„**Richelieu**" – Der Name des Kardinals klingt in etwa so: „Rischeljö". Auch hier wird das „ö" am Schluss durch die Nase gesprochen.

„**Buckingham**" – Der Name dieses englischen Herzogs wird in etwa so ausgesprochen: „Backinghämm".

„**Rochefort**" – Der Name des Grafen klingt in etwa so: „Roschfor".

Der Mann mit der Narbe

War das ein Rennen und Rasen an diesem Morgen! Ein Lachen und Lärmen! Ein Quieken und Schreien! Wie ein Lauffeuer hatte sich die Nachricht von der Ankunft des Reiters verbreitet.

Man schrieb das Jahr 1625. Die Bewohner eines französischen Dörfchens eilten aus ihren Häusern. Jeder wollte dabei sein, jeder den seltsamen Fremdling sehen. Der saß auf einem gelben Klepper, der fürchterlich hinkte und nur noch aus Haut und Knochen zu bestehen schien. Dennoch ritt der junge Mann mit erhobenem Haupt durch die Menge und direkt auf den Gasthof „Zum fröhlichen Müller" zu.

Der Reiter war mit einem geflickten Wams bekleidet. Er trug einen langen Degen, und die farbige Feder an seinem Hut wippte bei jeder Bewegung lustig auf und ab.

Der Bursche kam aus der Gascogne, einem Landstrich im Südwesten Frankreichs, und war auf dem Weg nach Paris.

In seiner Tasche verwahrte er einen Brief für Herrn Tréville. Der war Hauptmann der königlichen Garde und mit seinem Vater bekannt.

Außerdem besaß der junge Mann noch einen Beutel mit fünfzehn Talern und diesen klapprigen alten Gaul. Mehr hatten ihm seine Eltern nicht mitgeben können. Vor ein paar Tagen war er achtzehn geworden. Er entstammte einer ehrenwerten adligen Familie. Sein Name war: d'Artagnan.

„Hoho!", rief ein herbeigeeiltes Bäuerlein mit aufgeblasenem Pfannkuchengesicht. „Was will dieser verwegene Recke in unserem stillen Nest?"

„Für einen Knaben scheint er mir ein wenig zu groß zu sein, für einen Mann fehlt ihm aber wiederum der Bart!", spottete ein anderer.

„Seht nur, was er für einen gefährlichen Degen trägt! Da bekomme ich es doch glatt mit der Angst zu tun!", lachte eine große kräftige Frau und tat so, als würde sie sich verstecken.

Auch die Gäste im „Fröhlichen Müller" lachten über den Reiter und sein fußlahmes Tier. Einer der Männer war besonders vornehm gekleidet und hatte eine auffällige Narbe im Gesicht. Zuerst machte er eine abfällige Bemerkung über d'Artagnans Hut. Dann beleidigte er auch noch sein Pferd.

Das war d'Artagnan dann doch zu viel. Wütend sprang er vom Pferd und forderte den Mann zum Duell heraus. Doch der tat, als ginge ihn das alles nichts an. „He, Sie Hosenschisser!", rief d'Artagnan. „Scheren Sie sich heraus! Und dann will ich Ihnen den albernen Pariser Hut von der Rübe fetzen und Sie vor meinem Degen tanzen sehen!"

Als der Mann mit der Narbe endlich aus der Tür trat, stand d'Artagnan schon bereit. Er zog seine Klinge und hieb so heftig auf den anderen ein, dass der sich gerade noch mit einem Sprung über ein Wasserfass retten konnte. D'Artagnan setzte ihm sofort nach. Über ein zweites Fass. Über einen Verkaufstisch. Eine Mauer. Eine Bank und ein erschrockenes Schwein.

Als er das Großmaul schon fast erwischt hatte, knallte eine Schaufel gegen seine Stirn. Der Wirt war seinem vornehmen Gast zu Hilfe geeilt. D'Artagnan lag bewusstlos im Dreck.

„So ein dummer Draufgänger", schimpfte der Mann mit der Narbe. „Hebt ihn auf seinen Gaul. Und dann fort mit ihm. Hier will ich ihn nicht wiedersehen!" Mit diesen Worten trat er ins Haus zurück und setzte sich nahe beim Fenster an einen Tisch.

Die Zuschauer zerstreuten sich. Der Wirt aber bekam es plötzlich mit der Angst zu tun. Vielleicht war der junge Mann ernsthaft verletzt. Und dann träfe ihn die Schuld. Er rief seine Frau. Gemeinsam trugen sie den Verletzten in den ersten Stock.

Als d'Artagnan erwachte, lag er auf einem fremden Bett. In seinem Kopf herrschte ein großes Durcheinander. Er versuchte, sich zu erinnern. Doch wie er es auch anstellte, alle Wege führten zu dem Mann mit dem vernarbten Gesicht.

Vor dem Gasthof hielt eine Kutsche. D'Artagnan schleppte sich ans Fenster.

Im Inneren des Wagens sah er eine sehr schöne blonde Frau. Sie unterhielt sich angeregt mit einem Edelmann, der vor ihrer Kutsche stand. Ihr Gespräch machte d'Artagnan neugierig. Als der vornehme Herr aber den Kopf nach ihm wandte, erkannte d'Artagnan sofort seinen Feind.

„Was für ein Glück!", rief er. „Diesmal entkommt Ihr mir nicht!" Und schon sprang er trotz seiner Verwundung mit gezogenem Degen aus dem Fenster. Er schaffte aber nur wenige Schritte, dann wankte er auf die Kutsche zu und fiel hin.

Der Mann mit der Narbe drückte der Frau noch schnell ein hölzernes Kästchen in die Hand. „Darin findet Ihr eine Nachricht vom Kardinal. Lest Sie, sobald Ihr in London seid!", hörte ihn d'Artagnan sagen. „Und nun fahren Sie, Lady Winter! Fahren Sie, und verlieren Sie keine Zeit!"

In diesem Augenblick stürzte der Wirt aus dem Haus und sah d'Artagnan schon wieder auf dem Boden liegen. „Wer ist dieser Hitzkopf? Und wo kommt er so plötzlich her", erkundigte sich das Narbengesicht.

Der Wirt hob die Schultern. Doch dann erzählte er von einem Beutel mit fünfzehn Talern, den er zufällig in den Sachen von d'Artagnan gefunden hätte, und von einem Brief an einen gewissen Herrn Tréville.

„Ein Brief an den Hauptmann der Musketiere? Gebt ihn mir!", forderte der Mann mit der Narbe. Der Wirt gehorchte, und der andere ritt eilig davon.

„Wir sehen uns wieder!", drohte d'Artagnan dem Reiter noch. Darauf fiel er von Neuem in Ohnmacht, und der Wirt trug ihn nun ein zweites Mal an diesem Tag mit seiner Frau ins Haus.

Ankunft in Paris

Einige Tage später traf d'Artagnan in Paris ein. Eine so große und herrliche Stadt hatte er noch nie gesehen. In Paris lebte der König von Frankreich, der zu dieser Zeit Ludwig der Dreizehnte hieß. Sein Schloss lag am linken Ufer des Flusses Seine. Auf dieser Seite befand sich auch das Stadtschloss von Kardinal Richelieu. Der Kardinal war der oberste Bischof und nach dem König der mächtigste Mann.

Er besaß eine eigene Garde und befehligte die Geheimpolizei. Seine Männer trugen rote Mäntel. Die Leibwächter des Königs kleideten sich blau. Sie wurden Musketiere genannt.

Ihr Name erinnerte an die Muskete. So hieß ein neuartiges Gewehr, das sie benutzten. Die Musketiere waren der Stolz des Königs, und von ihren Taten hörte er immer wieder gern.

Die Garde des Kardinals und die Musketiere konnten einander nicht leiden. Jeder wollte besser sein als der andere.

Und obwohl es verboten war, nutzten sie jede Gelegenheit für ein Duell.

D'Artagnan wollte Herrn Tréville gleich einen Besuch abstatten. Doch zuvor verkaufte er noch sein Pferd und mietete sich eine Wohnung.
Dann stand er endlich vor dem Hauptmann der Musketiere.

„Athos! Porthos! Aramis!", brüllte Tréville gerade wütend in den Korridor.

Sofort eilten zwei Musketiere herbei und d'Artagnan wurde Zeuge ihres Gespräches.

Einige Mitglieder der königlichen Wache hatten sich mal wieder mit den Gardisten des Kardinals geschlagen. Sie waren besiegt und verhaftet worden, was für Herrn Tréville eine große Schande bedeutete.

„Uns trifft keine Schuld!", beteuerte der größere Musketier. „Man hat uns feige überfallen. Zwei von unseren Leuten wurden sogar getötet. Die anderen entkamen nur durch eine List."

„Und wo steckt Athos?", fragte Herr Tréville.

„Er bekam einen Stich in die Schulter. Die Degenspitze trat an der Brust wieder heraus. Der König sollte es nicht erfahren. Deshalb hielt sich Athos bisher versteckt."

Nachdem die Musketiere entlassen waren, wandte sich der Hauptmann an d'Artagnan.

„Und jetzt zu Ihnen. Wer sind Sie? Und was führt Sie zu mir?"

„Ich möchte Musketier werden!", platzte d'Artagnan heraus. Und dann erzählte er von seinem Vater und dem gestohlenen Empfehlungsschreiben, von seiner Reise, von der Frau in der Kutsche und diesem geheimnisvollen Mann.

Tréville hörte aufmerksam zu. Ihm gefiel der hitzige junge Besucher. Doch bei den Musketieren des Königs nahm man nur erfahrene Soldaten auf. Der Hauptmann empfahl d'Artagnan zunächst eine Ausbildung und verfasste sogleich ein Schreiben an den Direktor der Königlichen Akademie. Während Tréville schrieb, betrachtete d'Artagnan das Treiben im Hof. Und da – er wollte seinen Augen nicht trauen – erblickte er das Narbengesicht! Mit einem Aufschrei stürzte d'Artagnan sofort aus dem Zimmer und prallte gegen einen Musketier.

Der trug einen Verband um die Schulter und brüllte wie ein verletzter Löwe auf.

D'Artagnan entschuldigte sich und wollte rasch weiter. Doch der andere hielt ihn zurück. „Mit Worten ist hier nichts getan", knurrte er feindselig. „Ein Duell täte meiner Schulter aber sehr gut."

„Wann und wo?", fragte d'Artagnan. „Ich bin fremd in der Stadt. Und eilig habe ich es auch."

„Um ein Uhr hinter dem Barfüßerkloster", sagte der Musketier.

„Hinter dem Kloster, Punkt eins", wiederholte d'Artagnan und sprang die Stufen hinab. Da versperrte ihm ein Riese mit prächtigem Degengehänge den Weg.

D'Artagnan verfing sich in seinem Mantel. Dabei entdeckte er, dass das Gehänge ja nur vorne so schön geschmückt und vergoldet war. Über den Rücken spannte sich bloß ein billiger Gurt.

„Vorne hui, hinten pfui!", spottete d'Artagnan. Diese Bemerkung machte den Musketier so richtig wütend, und er bestand gleichfalls auf einem Duell.

„Wann und wo?", fragte d'Artagnan. „Ich bin fremd in Paris, und in Eile bin ich auch."

Der Riese schlug ein Treffen im Park vor. „Ist mir recht", sagte d'Artagnan. Und dann fiel ihm ein, dass er diesen Kerl schon einmal gesehen hatte: im Zimmer von Herrn Tréville.

Als d'Artagnan endlich im Hof ankam, war der Mann mit der Narbe längst verschwunden.

Dafür sah er den anderen Musketier im Kreise seiner Kameraden stehen. Ein Taschentuch war ihm gerade aus dem Mantel gefallen.

D'Artagnan bückte sich danach und reichte es ihm. Da sahen alle, dass es ein seidenes Damentuch war. Das sorgte für gute Laune. Der Musketier aber schämte sich und bekam einen roten Kopf.

„Sie haben mich gerade vor meinen Freunden beleidigt", zischte der Feuerkopf d'Artagnan ins Ohr. Er nannte einen Ort und eine Zeit, und schon hatte unser junger Freund das nächste Duell am Hals.

Als d'Artagnan beim Kloster eintraf, saß dort der Invalide bereits auf einem Stein. „Ich habe zwei Freunde als Zeugen eingeladen", sagte er und zeigte dabei auf zwei Musketiere. Der eine war groß wie ein Riese, der andere von schlankerer Gestalt.

„Das sind Eure Freunde?", amüsierte sich d'Artagnan.

Als die beiden Musketiere herankamen, brachen auch sie in schallendes Gelächter aus.

„Lieber Athos", wieherte der größere von beiden. „Mit diesem Herrn bin ich ebenfalls verabredet!"

Und der zweite ergänzte: „Und ich auch! Er muss verrückt sein. Drei Duelle an einem Nachmittag!"

„Darum sollten wir uns sputen", riet d'Artagnan. Er und der größere zogen fast gleichzeitig die Degen. Und schon ging es los mit dem Stechen und Schlagen. Mal lag der Vorteil bei dem einen, dann winkte wieder dem anderen das Glück. Als es gerade auf d'Artagnans Seite war, erschien die Wache des Kardinals.

„Sofort die Degen nieder!", befahl ihr Kommandeur. „Im Namen des Kardinals! Ihr seid verhaftet!"

„Blitz und Donnerwetter!", fluchte einer der Musketiere. „Jetzt haben sie uns schon wieder erwischt!"

„Herr Tréville wird uns die Ohren abreißen", sagte der, den sie Aramis riefen.

„Und wie wird erst der König enttäuscht sein, wenn er von unserem Missgeschick erfährt", warf der größere, den sie Porthos nannten, ein.

„Dann sollten wir uns gleich hier schlagen!", entschied der Musketier mit dem Schulterverband. „Freiwillig verhaften lasse ich mich jedenfalls nicht."

„Aber es sind fünf, Athos! Wir sind nur drei, und du bist verletzt", warf der Riese ein.

„Meine Herren", mischte sich jetzt d'Artagnan in das Gespräch. „Unser Duell könnten wir verschieben. Und wenn Sie erlauben, ich bin mit dabei!"

Der große Porthos strahlte über das ganze Gesicht.

„Einer für alle!", rief er mit donnernder Stimme. „Alle für einen!", erwiderten die anderen im Chor. Und dann fielen sie über die Wache des Kardinals her und zeigten kein Erbarmen.

Porthos kämpfte gleich gegen zwei Gegner. D'Artagnan nahm sich den gefürchteten Kommandeur der Garde zur Brust. Am Ende rannten die Rotmäntel geschlagen davon. D'Artagnan hatte ihrem Anführer den Hosenboden aufgeschlitzt. Da hing nun ein Zipfel seines Unterkleides heraus wie die weiße Blume an einem Hasenpopo.

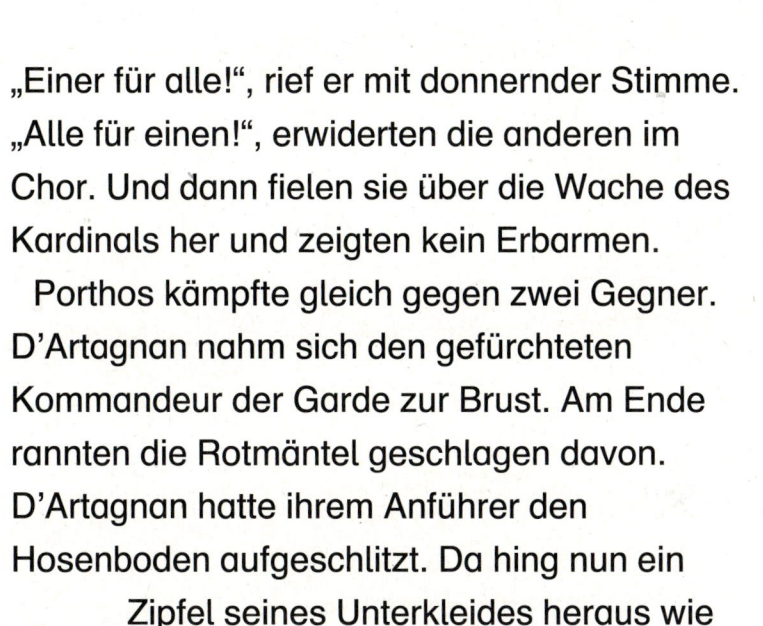

Die Entführung

Als der König vom Sieg seiner Musketiere hörte, hüpfte ihm vor Vergnügen der Bauch.

Er bestellte die Helden in sein Schloss. D'Artagnan erhielt für seine Unterstützung vierzig Goldstücke. Außerdem ordnete der König seine Aufnahme als Kadett bei den Musketieren an. Von nun an trafen sich die Freunde täglich, und bald sprach man nur noch von den „Unzertrennlichen Vier". In ganz Paris sorgten ihre Taten für Gesprächsstoff.

Eines Morgens wünschte ein Besucher, d'Artagnan dringend zu sprechen. Seine Frau sei entführt worden.

Der Mann zeigte d'Artagnan einen Brief. Darin wurde er aufgefordert, nicht nach seiner Frau zu suchen. Man habe einige wichtige Fragen an sie. Wenn alles geklärt sei, bekäme er sie zurück.

„Wer steckt dahinter? Und was will man von Ihrer Frau?", fragte d'Artagnan.

„Meine Constanze ist die Zofe der Königin von Frankreich und mit Ihrer Majestät sehr vertraut", antwortete der Mann. „Die Königin plagt derzeit großer Kummer. Ihr Gatte hat nur die Jagd im Kopf, oder er faselt vom Krieg.

Was seine Frau denkt und was sie fühlt, kümmert ihn nicht. Seit einiger Zeit unterhält sie Kontakte zu einem englischen Adligen. Es ist der Herzog von Buckingham."

„Aber sind England und Frankreich nicht Feinde?", wunderte sich d'Artagnan.

„Oh, das sind sie, gewiss", gab der Besucher zur Antwort. „Doch der Herzog ist anders. Wie die Königin von Frankreich, so wünscht auch er nichts sehnlicher als Frieden mit dem Nachbarland. Außerdem verehrt er die Königin. Das schmeichelt ihr natürlich. Eine Zukunft haben die beiden allerdings nicht, auch wenn sie sich mögen. Ich weiß das von meiner Frau. Doch der Kardinal, der den König berät, zöge lieber heute als morgen gegen England in den Krieg. Ich denke mir, er ahnt etwas von dieser Verbindung zwischen dem

Herzog und des Königs Frau. Aus diesem Grunde wurde wohl auch meine Constanze von seinen Männern entführt. Bestimmt will man herausbekommen, was sie über die beiden weiß."

„Das leuchtet mir ein", sagte d'Artagnan. „Doch weshalb kommt Ihr mit Euren Sorgen ausgerechnet zu mir?"

Der Angesprochene rieb sich das Kinn. Dann sagte er: „Ich habe Euch einige Male in Begleitung der drei Musketiere gesehen. Und die sind, wie man weiß, nicht gut zu sprechen auf die Männer des Kardinals. Und noch aus einem anderen Grund sind Sie mir nicht unbekannt: Wir haben uns zwar noch nicht vorgestellt, aber ich bin Ihr Vermieter. Sie wohnen in meinem Haus. Und seit Sie hier eingezogen sind, haben Sie noch keine Miete bezahlt . . ."

Das war ein überzeugendes Argument. D'Artagnan blieb keine Wahl. Er versprach dem Mann, bei der Suche nach seiner Frau zu helfen, und schwatzte dem Geizhals noch fünfzig Goldstücke extra ab. Während dieser Unterhaltung war d'Artagnans Besucher vorsichtig ans Fenster getreten. Er zeigte auf die gegenüberliegende Straßenseite.

„Sehen Sie diesen Mann dort drüben?", wandte er sich an d'Artagnan. „Er verfolgt mich schon seit einigen Tagen. Ich glaube, er hat etwas mit der Entführung meiner Frau zu tun. An dem Abend, als sie verschwand, sah ich ihn zweimal vor meinem Haus. Wahrscheinlich war er es, der Constanze entführt hat!"

D'Artagnan trat ebenfalls ans Fenster. Auf der anderen Straßenseite wartete das Narbengesicht! Wie ein Wirbelwind stürzte unser junger Musketier aus dem Zimmer.

Doch als er unten ankam, fehlte von dem Mann jede Spur. D'Artagnan suchte ihn in den umliegenden Gassen.

   Er wechselte auf die andere Seite des Flusses. Aber auch damit hatte er keinen Erfolg. Der Mann mit der Narbe war wie vom Erdboden verschluckt. Als d'Artagnan zurückkam, saßen seine Freunde schon lärmend beim Frühstück. Er berichtete ihnen von dem Besuch am Morgen. Und von der Entführung der Zofe. Und von dem Kerl mit dem Narbengesicht.

   Auch die Freunde hatten Neuigkeiten. Zufällig waren sie Zeuge geworden, als d'Artagnans Vermieter vorm Haus durch die Leute des Kardinals verhaftet wurde.

„Da haben wir wohl keine andere Wahl", sagte Porthos. „Wir Musketiere stehen im Dienste des Königs. Also ist es auch unsere Pflicht, der Königin und ihrer verschwundenen Zofe beizustehen. Egal, ob der König nun davon weiß oder nicht."

„Da scheint sich ja ein richtiges Abenteuer anzubahnen!", freute sich Athos und biss in ein Hühnerbein.

In diesem Augenblick drangen Geräusche aus der unteren Wohnung herauf.

D'Artagnan lockerte vorsichtig ein Dielenbrett. Durch den Spalt sah er drei Rotmäntel. Die richteten sich gerade in der Stube seines Vermieters ein.

„Sie belagern die Wohnung", berichtete d'Artagnan den anderen. „Wir müssen wissen, was sie im Schilde führen. Die erste Wache übernehme ich."

Den ganzen Tag über blieb es ruhig im Haus. Am Abend des zweiten aber betrat eine junge Frau die Wohnung.

Es folgte heftiges Poltern, Möbel wurden umgestoßen, und eine Frauenstimme schrie immer wieder: „Rührt mich nicht an!"

Mit einem Satz stand d'Artagnan am Fenster. Er sprang auf die Straße, trat gegen die Haustür und stürmte hinein. Die Wachen waren völlig überrumpelt und rannten davon. Auf einem Stuhl aber saß, einen Knebel im Mund und gefesselt, die schönste Frau, die d'Artagnan jemals gesehen hatte. „Wer sind Sie? Und wo kommen Sie so plötzlich her?", fragte sie, von Knebel und Fesseln befreit.

   D'Artagnan zeigte zur Decke: „Ich wohne dort oben und hörte Sie schreien. Sie müssen Constanze sein. Ihr Mann hat mich beauftragt, Sie zu suchen. Doch wie ich sehe, konnten Sie Ihren Entführern entkommen . . ."
   „. . . um hier gleich in die nächste Falle zu tappen", sagte sie. Voller Dankbarkeit sah Constanze ihren jungen Retter an. Und dann erzählte sie, wie sie in ein abgelegenes Haus des Kardinals verschleppt worden war und von dort fliehen konnte. D'Artagnan wiederum berichtete von der Verhaftung ihres Gatten.

Weil er die Rückkehr der Wachen befürchtete, führte er die Zofe über die Außentreppe hinauf in sein Quartier. Constanze war eine Frau von etwa fünfundzwanzig Jahren und damit bedeutend jünger als ihr Mann. Der sei eigentlich ein Geizhals und Sonderling. Dass er sich aber um sie gesorgt habe und sogar suchen ließ, hörte sie gern.

Je länger d'Artagnan diese Frau betrachtete, desto stärker wuchs die Zuneigung in ihm. Sein Herz hüpfte wie eine Springmaus. Und als Constanze d'Artagnans Hand ergriff, glühten seine Ohren feuerrot.

„Begleiten Sie mich zum Louvre", bat ihn die junge Frau. „Die Königin braucht mich, und um allein zu gehen, fehlt mir jetzt der Mut."

D'Artagnan reichte ihr seinen Arm. Durch kleine Gassen und abgelegene Straßen gelangten sie unbemerkt zum Schloss. Vor einer Nebenpforte verabschiedete sich Constanze von ihrem Begleiter und gab ihm zum Abschied einen Kuss.

D'Artagnan wollte jetzt noch nicht in seine Wohnung zurück. Wie ein Verliebter schlenderte er durch die Gassen und dachte fortwährend an diese junge schöne Frau. Die Glocken schlugen zur Mitternacht.

In diesem Augenblick verließ auf der anderen Straßenseite ein Paar in großer Eile das Haus. Ganz in Gedanken versunken, folgte d'Artagnan den beiden. Der Mann trug die Uniform der Musketiere. Die Frau hatte ihren Kopf unter einer Kapuze versteckt, aber d'Artagnan erkannte sie dennoch. Wut stieg in ihm auf und saß wie ein Kloß in seiner Kehle. Vor ihm ging Constanze! Was machte sie hier? D'Artagnan rannte an den beiden vorbei und stellte sich ihrem Begleiter in den Weg.

Der griff blitzschnell nach seinem Degen.

Doch d'Artagnan war schneller. Und Constanze, als sie ihn erkannte, sprang dazwischen und rief: „Tun Sie ihm nichts, gnädiger Herr! Er hat mich vor den Soldaten des Kardinals gerettet. Er ist ein Freund und weiß Bescheid!"

Da ließ d'Artagnan wie vom Donner gerührt seinen Degen sinken. Vor ihm stand, unter dem Reitmantel eines Musketiers verborgen, der Verehrer der Königin, der Herzog von Buckingham!

„Wir sind in größter Eile", flüsterte Constanze. „Die Königin erwartet bereits ihren Gast. Niemand darf ihn hier sehen. Begleiten Sie uns bitte zum Schloss. Den Weg zur Pforte kennen Sie ja bereits."

Ein teuflischer Plan

Mit finsterer Miene schritt der Kardinal im Zimmer auf und ab. Die Zofe Constanze war ihm entflohen. Der Herzog von Buckingham hatte die Königin heimlich besucht. Als die Spitzel dem Kardinal davon berichteten, war der Herzog schon längst wieder auf dem Weg nach England. Wie sollte er nun dem König beweisen, dass seine Frau in Verbindung zu Frankreichs Feinden steht?

„Nichts leichter als das", beruhigte ihn der Graf von Rochefort. „Bei seinem letzten Besuch hat die Königin den Herzog angefleht, sie zu vergessen. Die Gefahr, entdeckt zu werden,

schien ihr offenbar zu groß. Zum Abschied schenkte sie ihm ein Schmuckband mit zwölf Edelsteinen."

„Doch nicht etwa jene Steine, die sie zum Namenstag vom König erhielt?"

„Ebendie!", bestätigte der Graf. „Ein Zimmermädchen, das für mich arbeitet, hatte sich im Schrank versteckt, alles mit angehört und mir davon erzählt."

Die Augen des Grafen blitzten vor Boshaftigkeit, und in seinem Kopf entstand bereits ein teuflischer Plan.

„Stellt Euch einen Ballabend im Rathaus vor. Und die Königin würde ohne das Schmuckband erscheinen!"

„Der König würde danach fragen, und sie müsste ein Geständnis ablegen", sagte der Kardinal. „Und dann gäbe es für sie nur zwei Möglichkeiten: Kerker oder Verbannung."

„Oder den Tod!", triumphierte der Graf von Rochefort, und die Narbe in seinem Gesicht glühte jetzt dunkelrot.

„Ein vortrefflicher Plan!", lobte ihn der Kardinal. „Der König würde mir wieder voll vertrauen. Niemand störte meine Pläne, und bei der Vorbereitung auf den Krieg mit unseren Nachbarn ließe er mir freie Hand."

In Gedanken kostete der Kardinal schon seinen Triumph aus. Doch dann fiel ihm noch etwas Wichtiges ein. „Wenn es nun aber der Königin gelänge, wieder in den Besitz ihres

Schmuckbandes zu kommen. Was dann, lieber Rochefort? Was dann?"

„Wir müssen ihr eben zuvorkommen", antwortete der Graf. „Hier sind Feder und Tinte. Schreiben Sie einen Brief an unsere Spionin Lady Winter in London. In einer halben Stunde bin ich reisebereit."

Nach einem Monat und einem Tag hielt der Kardinal zwei der zwölf funkelnden Edelsteine in seiner Hand. Lady Winter hatte sie dem Herzog von Buckingham beim Tanzen gestohlen.

Noch am gleichen Abend verabredete sich der Kardinal zum Schachspiel beim König. Geschickt lenkte er dabei das Gespräch auf die Königin. Man sollte sich einmal wieder gemeinsam in der Öffentlichkeit zeigen, schlug ihm der Kardinal vor. Der bevorstehende

Sommerball im Rathaus sei eine gute Gelegenheit dafür. Da könnte die Königin auch gleich ihren neuen Schmuck zeigen.

„Eine ausgezeichnete Idee!", fand der König und begab sich sofort in die Gemächer seiner Frau.

Der Ball sollte schon in zwei Wochen stattfinden, und über die Einladung freute sich die Königin sehr. Als ihr Mann aber wünschte, dass sie an diesem Abend das Edelsteinband tragen möge, wurde sie kreidebleich.

Im Nebenzimmer hatte Constanze alles mit angehört. Nachdem der König gegangen war, stürzte sie sofort heraus.

Wie ein Häufchen Unglück saß die Königin in ihrem Sessel. Sie zitterte am ganzen Leib. „Hinter alldem steckt bestimmt dieser schreckliche Kardinal Richelieu", stieß sie hervor. „Er weiß, dass ich mich mit Buckingham getroffen habe. Er weiß auch, wie sehr ich mich um den Frieden zwischen unseren Ländern sorge. Deshalb will er mich und den König entzweien. Aber jetzt ist alles verloren", schluchzte sie. „Der Kardinal hat sein Ziel erreicht."

„Nichts ist verloren, Majestät! Nichts ist erreicht!", tröstete Constanze ihre Herrin. „Wir holen uns die Diamanten zurück! Schreiben Sie eine Nachricht für den Herzog! Ich sorge dafür, dass sie ihn sicher in London erreicht."

Die Reise nach England

D'Artagnan lag auf seiner Bettstatt und träumte von Constanze. Da klopfte es sacht an der Wohnungstür. Vor ihm stand die Frau, mit der er gerade im Traum gesprochen hatte. Er bat sie herein, und Constanze erzählte hastig, was geschehen war. Ein Bote müsse sofort nach London und den Herzog von Buckingham um die Rückgabe des Diamanten-Schmuckbandes bitten.

Und dann fragte sie d'Artagnan, ob er bereit sei, ihr und der Königin in einer so schwierigen Lage beizustehen. Auf eine solche Gelegenheit hatte d'Artagnan nur gewartet.

Natürlich würde er Constanze und der Königin helfen! Sein Herz schlug Purzelbäume. Er war zu allem bereit!

Da zog Constanze den Brief, den die Königin an den Herzog geschrieben hatte, aus ihrem Mieder. Sie legte auch einen Beutel mit Reisegeld dazu. Dann küsste sie ihren heimlichen Helfer und eilte ins Schloss zurück.

D'Artagnan stand wie benommen vorm Spiegel. Die Zeit drängte.

Er benötigte einen Urlaubsschein und begab sich deshalb umgehend zum Haus von Hauptmann Tréville. Als d'Artagnan ihm anvertraute, dass er im Auftrag einer sehr hochstehenden Person nach England reisen müsse, unterschrieb er sofort das erforderliche Papier. Doch nicht nur das. Damit d'Artagnan auch sicher in London ankommen sollte, beurlaubte der Hauptmann der Musketiere Athos, Porthos und Aramis gleich mit.

Um keinen Verdacht aufkommen zu lassen, verließen die „Unzertrennlichen Vier" mit ihren Dienern an unterschiedlichen Ausgängen die Stadt. Im ersten Gasthof außerhalb von Paris trafen sie sich wieder. Von hier aus setzten sie ihre Reise gemeinsam fort. An jeder Station wechselten sie die Pferde. In einer Herberge verlangte ein Unbekannter von ihnen, auf das Wohl des Kardinals zu trinken.

„Einverstanden!", antwortete Porthos. „Doch der erste Becher wird bei uns stets auf das Wohl des Königs von Frankreich geleert!" Als der andere sich weigerte, zog Porthos kurzerhand seinen Degen und wollte ihm eine Lektion erteilen. „Reitet schon voraus!", rief er den Freunden zu. „Sobald ich mit diesem Hampelmann hier fertig bin, komme ich nach!"

Unterwegs wurden sie von einem Trupp Bauarbeiter überfallen. Die Männer waren bewaffnet. Aramis wurde schwer verwundet.

Sie ließen ihn und seinen Diener im nächsten Dorf zurück. Nun saßen nur noch Athos und

d'Artagnan mit ihren Begleitern im Sattel. Noch eine Tagesreise trennte sie jetzt von der Küste. Die nächste Nacht verbrachten sie in einer üblen Spelunke. Bei Morgengrauen sahen sie sich von vier rauflustigen Gesellen umstellt. „Einer für alle!", rief Athos und stürzte sich mit seinem Diener in den ungleichen Kampf. Derweil banden d'Artagnan und sein Bursche ihre Pferde los und jagten davon.

 Die Spione des Kardinals lauerten überall. Im Hafen von Calais lag ein englischer Segler. D'Artagnan und sein Diener waren auf der Hut. Mit falschen Papieren gingen sie an Bord.

Am anderen Ufer brachte sie eine Postkutsche nach London. Dort übergab d'Artagnan den Brief. Als der Herzog die Nachricht gelesen hatte, wurde er leichenblass. Er ahnte sofort, in welcher Gefahr die Königin schwebte. Jetzt war keine Zeit mehr zu verlieren. Buckingham führte seinen Gast in eine kleine Kapelle. Hier bewahrte er Briefe und andere Erinnerungsstücke an die Königin auf. In einer Nische hing ihr lebensgroßes Bildnis, und auf dem Altar stand ein Kästchen, in dem ihr Abschiedsgeschenk lag. Buckingham öffnete den Deckel. D'Artagnan bemerkte das Entsetzen in seinen Augen und wusste, es war etwas Furchtbares geschehen. Er warf einen Blick in das Kästchen. Am Schmuckband fehlten von zwölf Diamanten zwei!

Der Triumph der Königin

Der Herzog ahnte, dass der Dieb eine Frau war und Lady Winter hieß. Er war ihr erst kürzlich auf einem Ball in London begegnet. An jenem Abend trug er das Schmuckband zum ersten Mal. Lady Winter war gestolpert und hatte an seiner Schulter Halt gesucht. Danach war sie verschwunden. Er hatte sich ihren plötzlichen Aufbruch nicht erklären können. Und als er am Morgen das Schmuckband in das Kästchen zurücklegen wollte, hatten weder er noch sein Kammerdiener den Verlust der zwei Steine bemerkt.

In Paris hatten schon die Vorbereitungen für

den großen Ball begonnen. Bis zur Rückkehr blieben d'Artagnan nur noch wenige Tage. Der Herzog ließ den geschicktesten Goldschmied von England kommen. In zwei Tagen und drei Nächten schuf er den fehlenden Ersatz. Als die beiden Steine fertig waren, erkannte nur der Meister den Unterschied.

D'Artagnan nähte den Schmuck in seine Kleidung ein. Der Herzog stellte noch einen Schutzbrief für ihn aus und nannte ein Losungswort. Das würde ihm helfen, schnell und sicher nach Paris zurückzukehren, denn auch in Frankreich besaß Buckingham, obwohl er doch Engländer war, viele Freunde.

Im Hafen von London lag ein Zweimaster vor Anker. Der Kapitän kannte das Geheimwort. Er ließ die Segel setzen und lief sofort aus. Gegen Abend war d'Artagnan wieder in Frankreich. Der Wirt der Herberge, die ihm der Herzog empfohlen hatte, gab ihm sein schönstes Zimmer, seine besten Speisen und am nächsten Morgen sein schnellstes Pferd.

Die Rückreise verlief ohne Zwischenfälle. Gerade noch rechtzeitig erreichte d'Artagnan Paris. Am Abend sollte im Rathaus der Ball stattfinden. D'Artagnan begab sich sofort zum Schloss. Er ging zu der geheimen Pforte, klopfte das vereinbarte Zeichen und nannte das Geheimwort, als der Kammerdiener der Königin erschien.

Der vermochte seine Freude über d'Artagnans Rückkehr nicht zu verbergen. Er nahm das Päckchen, das der Musketier in seinem Mantel verborgen hatte, hastig in Empfang. Sein Inhalt würde in wenigen Stunden über das Schicksal der Königin entscheiden. Vielleicht sogar über die Zukunft Frankreichs, über Frieden und Krieg. Jetzt zählte jede Minute. Und außer ihnen beiden wussten in Paris nur noch zwei Menschen Bescheid.

Im Rathaus stieg derweil schon die Spannung. Alles wartete auf die Eröffnung des Balls. Der Bürgermeister hatte seine Amtskette angelegt. Und der König, als Jäger verkleidet, schritt stolz wie ein Gockel zwischen den Gästen umher. Die Königin war noch nicht erschienen. Das ärgerte ihn. Gerade an einem so wichtigen Tag.

Allein der Kardinal glaubte, den Grund für die Verspätung zu kennen. Am Gelingen seines Planes zweifelte er deshalb nicht.

Er trat neben den König. Und so ganz nebenher erkundigte er sich nach dem Verbleib von seiner Gemahlin, die doch sonst immer ein Muster an Pünktlichkeit sei.

„Wenn Ihre Majestät heute erscheinen, dann doch vermutlich mit dem neuen Schmuck?", erkundigte sich der Kardinal.

„So ist es besprochen. Und so wird es auch sein", gab der König zur Antwort, und ihm war unklar, weshalb der Kardinal ein solches Interesse für das Schmuckband der Königin zeigte.

„Wenn sie es also tragen sollte, dann empfehle ich Euch, doch einmal die eingefassten Steine an ihrem Band zu zählen", fügte der Kardinal seinen Worten noch hinzu. „Inzwischen überreiche ich Euch untertänigst aber schon einmal das hier . . ."

Mit diesen Worten zauberte er ein kleines Kästchen aus seinem Gewand und gab es dem König. Der hob den Deckel und sah zwei prachtvoll eingefasste Diamanten auf schwarzem Samt. Zu seiner großen Verwunderung glichen sie haargenau den Steinen, die er der Königin zum Namenstag geschenkt hatte. Doch das konnte ja schließlich nicht sein.

Er wollte den Kardinal gerade fragen, was das hier alles zu bedeuten habe und wie es zu verstehen sei. Da kündete ein Fanfarenstoß das Eintreffen der Königin an. Jung und schön betrat sie mit ihrem Gefolge den Saal und erntete große Bewunderung. Auch sie trug zu diesem besonderen Anlass ein Jägerkostüm und über der Schulter das funkelnde Diamantenband!

Über diesen Anblick war der König hocherfreut. Der Zeremonienmeister gab das Zeichen. Die Musik setzte ein, und der Bürgermeister von Paris eröffnete den Ball. Sein erster Tanz gehörte der Königin. Und der König verbeugte sich, wie es der Brauch an diesem Abend verlangte, vor des Bürgermeisters Frau.

Immer, wenn die beiden Tanzpaare einander näher kamen, zählte der König die Schmucksteine am Band seiner Gemahlin.

Doch er schaffte es stets nur bis zur Fünf, zur Sechs und nur einmal bis zur Acht. Erst beim dritten Tanz hielt er die Königin selbst im Arm. Ständig musste er dabei an die Bemerkung des Kardinals denken. Nach einer schnellen Drehung blieb er plötzlich stehen und fragte die Königin, weshalb sie so spät erschienen und ihr Schmuckband nicht vollständig sei.

  Da blickte sie ihrem Gemahl mit der Unschuld eines Kindes ins Gesicht. Gerade so, als verstünde sie den Sinn seiner Frage nicht. Gemeinsam zählten sie dann die Diamanten an ihrem Band. Es waren zwölf. Keiner fehlte, und es war auch kein Stein zu viel.

  Der König fühlte sich blamiert.

In der Menge suchte er nach dem Kardinal. Der hatte ihm das alles schließlich eingebrockt. An dieser Blamage trug allein er die Schuld.

„Ihr habt mir vorhin zwei Steine überreicht. Frei heraus: zu welchem Zweck?", wandte er sich ungewöhnlich scharf an den erschrockenen Kirchenmann.

Der wischte sich mit einem Seidentuch den Schweiß von der Stirn, und sein Kopf nahm die Farbe der roten Robe an, die er an diesem Abend trug. „Ich", stotterte er verlegen. „Ich . . ." Und dann erzählte er, dass er der Königin noch ein nachträgliches Geschenk zu ihrem Namenstag habe machen wollen.

„Und? Habt Ihr?", herrschte ihn der König an.

Der Kardinal schüttelte den Kopf. „Als Mann der Kirche hatte ich es mich dann doch nicht getraut", log er dem König vor. „Deshalb wählte ich den Weg über Euch."

„Dann getrauen Sie es sich jetzt, Richelieu! Ich erlaube es Ihnen!", sagte der König. Mit diesen Worten gab er das Schmuckkästchen an den Kardinal zurück. Der reichte es nun mit einer tiefen Verbeugung an die Königin weiter.

Die ließ sich nichts anmerken, obschon sie seine bösen Machenschaften seit Langem durchschaut hatte. Sie öffnete das kostbare Kästchen und spendete größtes Lob für die gestohlenen Steine. „Die dürften Euch mehr gekostet haben als sämtliche Diamanten an meinem Schmuckband", sagte die Königin, und

sie sprach so leise, dass es nur der Kardinal verstehen konnte. Dann dankte sie ihm artig für das großzügige Geschenk. Insgeheim aber wünschte sie sich, dass er in der Hölle schmoren möge oder auf Erden an einer Tomate ersticke.

Durch einen kleinen Türspalt hatte Constanze alles mit beobachten können und sich von Herzen daran erfreut. Der Plan des Kardinals war nicht aufgegangen. Die Königin war gerettet, und von alledem, was hinter seinem Rücken geschehen war, hatte ihr Gemahl, gottlob, nichts bemerkt.

Schon bald nach dem Festmahl verließ die Königin das Rathaus. Sie habe Kopfweh, ließ sie dem König und dem Bürgermeister ausrichten. Doch in Wahrheit wollte sie sich bei ihrem Retter und seinen Freunden bedanken. Constanze brachte d'Artagnan durch die geheime Pforte in den Palast. Dort erwartete ihn schon die Königin. Sie streckte dem jungen Helden beide Hände entgegen.

„Ich danke Euch vielmals", sprach sie zu d'Artagnan. „Ihr habt mich vor der Intrige des Kardinals und somit vor dem Zorn des Königs bewahrt."

D'Artagnan verbeugte sich tief. Dann steckte die Königin ihm einen kostbaren Ring auf den Mittelfinger und beschenkte ihn zusätzlich mit einer schönen Summe Goldes. Das teilte d'Artagnan mit Athos, Porthos und Aramis. Die warteten bereits in seiner Wohnung mit einem Festmahl auf ihn. Und dann feierten die vier Freunde die ganze Nacht.

Der Zauberer von Oz
978-3-401-71701-2

Reise um die Erde in 80 Tagen
978-3-401-71700-5

Die drei Musketiere
978-3-401-71694-7

Die Reise zum Mittelpunkt der Erde
978-3-401-71681-7

Jeder Band: Ab 7 Jahren • Klassiker einfach lesen • Durchgehend farbig illustriert • 72 Seiten • Gebunden • Format 16 x 21 cm

Flattersatz ohne Trennungen

Fibelschrift

Textbegleitende Illustrationen

Innenseite aus »Die drei Musketiere«
ISBN 978-3-401-71694-7